TAKOTSUBO

Yves Rozier

TAKOTSUBO

Novella

© 2022 Yves ROZIER

Éditeur : BoD-Books on Demand
12-14 rond-point des Champs-Élysées, 75008 Paris
Impression : Books on Demand, Norderstedt, Allemagne

Illustration : yvesrozier.com

ISBN : 9782322413027

Dépôt légal : Janvier 2022

Pour mes amis morts et mes amis vivants …

Comment j'aime Vincent : prêt à m'ouvrir la poitrine pour déposer mon cœur à ses pieds.

Hervé Guibert
14/12/1955 – 27/12/1991
Extrait de « Fou de Vincent »

DANS LE JOURNAL LOCAL ...

Un corps décapité a été découvert le long du chemin des contrebandiers de la côte entre le port et la basse corniche dans la nuit de jeudi à vendredi. Le substitut du procureur s'est rendu sur place. Ce dernier a requis la présence d'un médecin-légiste. Les gendarmes ont bouclé la zone. L'identité du corps demeure toujours inconnue.

Le corps sans tête a été découvert échoué, accroché à des rochers en contrebas du chemin. Il est environ vingt-trois heures lorsque l'alerte est donnée aux pompiers. C'est un promeneur tenant à son anonymat qui se baladait sur le sentier dit des contrebandiers qui a fait cette horrible découverte : celle d'un cadavre dont la tête aurait été coupée.

Appelés par le témoin qui a trouvé le corps mutilé, les pompiers présents ont alors rapidement sécurisé les lieux ne pouvant rien faire pour la victime, et pour ne pas polluer ce qui pourrait s'apparenter à une scène de crime jusqu'à l'arrivée des gendarmes.

L'affaire a été prise très au sérieux pour que dans la nuit même le magistrat du parquet de permanence de la ville se déplace sur le site pour superviser l'enquête.

— En tenant compte des éléments que nous connaissons, tout ce que je peux dire, c'est que cette découverte macabre est inattendue et inhabituelle.

Il a tenu à préciser également qu'il faisait appel au concours d'un médecin-légiste pour comprendre ce qui s'est passé.

Selon nos informations, le corps serait celui d'un homme. Dans la nuit, les enquêteurs de la brigade de recherches ont débuté leurs investigations en gelant le secteur de ce qui pourrait être le théâtre de cette horreur.

Joint par nos soins, ce vendredi, le procureur est encore peu prolixe sur cette affaire hors normes. Pour l'heure l'identité du corps reste toujours inconnue. La thèse d'un acte terroriste ne serait pas privilégiée. Le parquet national antiterroriste de la capitale nous confirme qu'il n'a pas été saisi.

Extrait du « Côte d'Azur-Minutes »

ALAIN, QUI A TROUVÉ LE CORPS ...

Alain, en réalité Jean-Alain. En fait, je fais court, au plus court, je préfère qu'on m'appelle juste Alain.

Autour de vingt-trois heures, je crois. Oui, jeudi, c'est ce jeudi-là que ça s'est passé … J'y vais de temps en temps. C'est exact … Oui, je sais, c'est un endroit connu pour ça … Oh oui, je m'en souviens très bien, ça m'a fait un choc, un vrai choc. C'est depuis que je vais mal … très mal …

Là-bas ? Pourquoi je traîne là-bas ? Pour voir la mer et les reflets de la lune. Le clair de lune … Oui, il y a des rochers et des recoins, des recoins sympas … Je sais. C'est vrai. C'est vrai, j'y vais aussi pour ça, pour la drague … Pour rencontrer quelqu'un, trouver l'âme sœur … Enfin l'âme sœur, je rêve, mais bon, bon … On ne sait jamais …

Pour le moment, je n'y suis pas retourné, je ne crois pas que j'y retournerai de sitôt, sûrement pas de sitôt …

Donc, ce soir-là, je descendais vers la mer. C'était tranquille. Très tranquille … J'ai un rocher où j'aime bien me poser, où je me mets souvent, oui assez souvent … De là, je vois tout ce qui se passe, ou presque tout ce qui se passe …

Moi ? Je préfère me faire aborder … Je suis du genre timide, assez timide … Je n'en ai pas l'air ? C'est vous qui le dites.

Bon, une fois installé à mon poste, je regarde tout autour. Oui, autour de moi … Et c'était calme. Le jeudi, c'est au cœur de la semaine, alors … Et là, juste en contrebas, au niveau de l'eau, là juste là ! Presque à cinq ou six mètres de moi, j'ai vu un truc bizarre qui allait et qui venait …

Qui flottait … Qui était ballotté par les vagues, des petites vagues, des vaguelettes … Non, il faisait clair, assez clair et doux. Oui, le ciel était dégagé. Il y avait la lune. Pas pleine totalement mais assez pour qu'il y ait une certaine clarté. Non. Il n'y avait pas de vent, aucun. Même pas une petite brise. C'était comme si ce truc-là était bercé par la mer. Comme porté tout doucement par la mer, tout près des rochers.

Je me suis levé et je me suis rapproché de ce machin, au plus près, jusqu'au niveau de l'eau, oui de l'eau. Et là, je vous dis, ça m'a fait un choc, un vrai choc … Quand j'ai compris ce que c'était. Malheur, ce que c'était. Un vrai malheur : c'était un homme … Un homme nu … Il était nu, entièrement nu. C'était ce que je voyais, c'était facile à voir, à voir ce type comme ça … Je pouvais voir son sexe, alors oui, j'ai vu que c'était un homme, un vrai homme … Il était éclairé par la clarté de la lune. La lune blanche …

C'était bien suffisant pour voir ce que j'ai vu. Assez suffisant … Et … Il n'avait pas de tête. C'est ce que j'ai vu. Il n'y avait pas sa tête. Un choc. Un vrai choc. Un corps sans la tête. C'est affreux. Vraiment affreux … J'ai eu peur, très peur. Un film d'horreur, une horreur totale … J'ai cru que j'allais me pisser dessus. Ça m'a pris comme ça … Exactement comme ça … Et j'ai eu un haut-le-cœur, une nausée. J'ai paniqué. Je me suis mis à trembler. Je tremblais fort de tout mon corps, ça devait être la panique ou quelque chose comme ça …

Je ne savais plus ce que je devais faire. Rester ou partir. Ou courir très loin … Alors, je suis remonté en vitesse jusqu'à la route. J'ai franchi les marches de l'escalier. Deux par deux. Ce soir-là comme par hasard il n'y avait personne … Bien sûr, personne pour m'aider … Pas un seul promeneur, pas un seul mec, quoi ! J'étais seul avec ça. C'était l'enfer. J'étais en enfer …

J'ai senti qu'il fallait que je pisse. Vite, j'ai fait contre le parapet en haut des escaliers. Les escaliers en pierre et après, j'ai traversé à la route … Et là, je me suis assis au pied d'un pin parasol. Mes jambes tremblaient encore, elles étaient en coton. En coton tout mou ... Je me suis dit que cet arbre allait me protéger ... Me protéger de quoi ? Je sais pas. Après ...

Après un long moment, je me suis dit que je devais vérifier si j'avais pas rêvé. Je suis redescendu tout doucement jusqu'à la mer et c'était toujours là. Il était toujours là ! Au même endroit, c'était sûr, j'avais bien vu ce que j'avais vu. Alors, à nouveau, je suis remonté jusqu'à la route. Il fallait que je retrouve le calme. Que je me pose et que j'arrête de trembler bêtement, que j'arrive à me maîtriser. Enfin, quand je me suis calmé ...

Alors, j'ai appelé les pompiers, c'est ça. Les pompiers ... Qu'est-ce que je pouvais faire ?
Pourquoi les pompiers ? je ne sais pas ... Je ne sais plus ... J'avais peur. Je transpirais et j'avais froid en même temps. J'avais pas toute ma tête. Pas la tête ... Pourquoi pas la police, je vous le dis, je ne sais pas ... Je ne sais plus. Après c'est le noir total. Je me suis évanoui ...

C'est un pompier qui m'a réveillé au pied de l'arbre, du pin ... Il m'a pincé le téton. Mon téton droit. J'ai gardé un bleu au sein ... Ça fait énormément mal, très mal. Mais oui c'est sûr, ça vous réveille. Ça m'a bien réveillé. C'est certain ... Il m'a dit que j'avais perdu conscience. Moi, je sais que je me suis évanoui. J'étais sous le choc ... Ils m'ont installé en attendant dans la cabine du camion avec une couverture argentée sur les épaules … Toute argentée, vous savez comme en aluminium …

Ils n'ont pas repêché le corps tout de suite. La police est arrivée très vite. Et ils ont fait des photos, plein de photos. Je voyais les flashs. Les flashs qui se reflétaient dans l'eau … Ils ont fait tout ce qu'ils avaient à faire. J'imagine que oui. Tout au moins, oui je l'imagine … Je ne voyais pas tout depuis la cabine, j'étais un peu choqué …

Et, au bout d'un long moment, les pompiers ont récupéré le bonhomme. Le bonhomme sans tête … Ils l'ont mis dans une espèce de sac. Un sac costaud … Ils l'ont remonté. Et après, on est partis à l'hôpital. L'hôpital du centre-ville …

Oui, j'y ai vu un médecin et aussi un psychologue. Plutôt une femme psychologue … Oui bien sûr, je continue à voir un psychiatre, enfin celui de ma mère. De ma pauvre mère qui est partie l'an dernier …

Je sais. Je vous dis qu'il était nu. Il avait une drôle de couleur, une couleur de peau cirée, lisse, blanchâtre sous la lumière de la lune …

S'il avait des tatouages ? Des gros tatouages ? Alors-là, impossible à dire, pas possible, dans l'état que ça m'a mis …

Malheureusement je vois encore cette image. Elle revient à certains moments. Comme ça par moments … Comme un flash … J'en suis fatigué, vous savez.

Ah ! Vous croyez que l'hypnose, ça pourrait m'aider. Un stress post-traumatique ? Je peux essayer. Ça peut pas me faire de mal. Je vais demander à mon docteur …

Non, je dors pas bien. Pas bien du tout … J'ai des insomnies au cœur de la nuit. Je me sens pas bien depuis cette nuit. Cette nuit-là …

Si au moins j'avais quelqu'un avec qui partager, à qui raconter cette nuit. Juste pour partager …

D'accord. Alors peut-être on se reverra ?

GEORGES, EMPLOYÉ DE LA CAPITAINERIE...

Moi, ça fait presque dix-huit ans que je travaille à la capitainerie. Dix-huit ans et bientôt la retraite. Ah ça oui que j'aspire à la tranquillité.

Oui, c'est moi, je veux dire avec le bureau de la capitainerie c'est nous qui avons signalé sa disparition. Oui, c'est tout juste, c'est bien lui sur cette photo. Je l'ai rencontré quand il s'est présenté pour le job. Je ne me souviens pas, ça doit faire quatre ou cinq ans ... C'est un poste assez tranquille, pas trop compliqué. Il avait le profil, alors on l'a engagé. Il n'y a rien à dire sur son travail. Rien à signaler. C'est comme ça. Tout était toujours bon. Tout allait bien.

Des fois, on le voyait depuis la fenêtre des bureaux sur le quai. Il pouvait rester des heures sur la coursive au niveau de la lampe, appuyé sur la rambarde à regarder l'horizon. On aurait dit qu'il attendait quelqu'un ou quelque chose.

Une fois, au café du port, oui c'est plutôt une brasserie, je lui ai demandé ce qu'il faisait tout là-haut à scruter le panorama et là, il m'a parlé d'un truc, d'un garçon-sirène ... Vous y croyez, vous ?

C'est étonnant non ? Moi, je crois qu'il avait bu un peu plus que d'habitude ... Ça arrive aussi, même aux meilleurs ... Ce que j'en pense ?

Vous savez, moi, j'ai compris. Il y a un moment que j'ai compris que dans mon boulot, penser ce n'est pas bon, alors je ne peux pas vous dire ... R.A.S. Ce que je pense de lui, rien. *Niente. Nada.* Ça vous va ? Les gens, ils pensent ce qu'ils veulent, ils font ce qu'ils veulent. Moi, du moment que je suis tranquille ... Ben, c'est vrai, non ?

C'est ce gars, ce Sandro, ce gars aux cheveux blancs, c'est vrai, qui nous a contacté. Il avait l'air inquiet. Alors, ensemble, on est montés là-haut. Et alors, tout était en ordre mais il n'y avait personne, il n'était pas là. Le gardien n'était pas là.

Après quand on a su qu'il était mort, alors ce gars, ce Sandro, il est venu récupérer les affaires qui étaient là. Et après, on a embauché un autre gars. Ça n'a pas été simple, mais bon, on a choisi un autre bonhomme ...

Je ne sais pas. Il ne nous avait jamais informés de sa maladie. Il était toujours souriant, enfin presque toujours. Je ne peux pas vous dire autre chose.
Je peux y aller ? Oui, je peux y aller ?
De toutes façons, vous savez où me trouver ...

JEAN-JACQUES, LE TÉMOIN ...

Je réside sur le port, du côté du quai Lunel, presque à Rauba Capèu, c'est un héritage que je tiens de mes parents. J'ai un trois pièces au quatrième étage, avec un balcon qui longe toute la façade. J'ai une très belle vue sur le bassin du port. J'ai vue sur la jetée et le phare et aussi vers la mer, et la côte rocheuse en face, bien sûr.

Je passe du temps à la fenêtre, sur mon balcon depuis que je me suis fait opérer du genou. Le gauche. C'est les ligaments et la rotule. Oh c'est compliqué et ça dure un peu trop à mon goût. J'ai du mal à m'y faire. Mon nom, c'est Jean-Jacques, c'est exact. J'ai soixante-trois ans. Je travaillais à la bibliothèque municipale. Je suis divorcé. Oui, j'ai une fille. C'est ma seule enfant ... et on ne s'entend pas très bien. Et ça n'est pas près de changer. Elle vit en Australie. Je ne la comprends pas ...

Pourquoi ? C'est qu'elle est en couple avec une chinoise, alors, vous voyez, ça, moi, c'est pas trop mon truc, vraiment pas mon genre ...

Quand je ne suis pas immobilisé ? je vais et je viens. Je vais au marché, à l'église le dimanche. Rien d'exceptionnel. Depuis mon opération, je suis en arrêt maladie. J'attends la retraite. Oui, je suis au chômage en quelque sorte ... Y en a d'autres qui y ont bien droit, alors, pourquoi pas moi ? Je vais aussi au café, à la brasserie du port.

C'est exact. Je sais très bien qui est cet homme-là. La photo n'est pas très récente. Ah ça, personne ne l'ignore ! Il ne s'en est jamais caché. Je sais qu'il est homosexuel, vous vous rendez compte ! Au café, il se tient toujours à la même table comme si elle lui appartenait. Les autres le trouvent sympathique et même bienveillant ... Non, non, moi, je n'ai pas de table réservée. Moi, je n'ai pas une cour. Je ne suis pas comme ça ! Je suis normal, moi !

Eh bien, voilà, j'ai réfléchi. Depuis quelques jours, je tourne et je retourne la chose ...

Et, je me suis enfin décidé à venir vous voir, comme vous l'indiquiez dans le journal. Si je peux être utile à l'enquête. Il y a bien une enquête ? Non ?

C'est important, oui, je vais vous le dire. Eh bien, il y a quelques jours, une dizaine de jours, je peux pas être plus précis. Vous savez, les jours se ressemblent tous pour moi. C'est pas que je m'ennuie, mais bon ... Bref, voilà que j'étais sur mon balcon, en train de regarder la mer. Elle est si belle quand il y a du vent fort et que l'orage menace. Qu'on sent que la tempête va arriver. Oh oui, les vagues étaient hautes, en colère comme prêtes à pousser la jetée au fond du port. Moi, j'adore quand ça frappe et quand ça asperge partout, quand ça passe par-dessus … Si ça pouvait tout détruire … J'ai remarqué que les nuages étaient de plus en plus gris et que la lumière baissait. Il devait être tout juste dix-sept heures, dans ces eaux-là si je peux me permettre …

Oui, je le sais car j'ai un médicament à prendre à cette heure-là. Faut que je fasse attention à ma santé. C'est important la santé. Eh bien, j'ai remarqué qu'il y avait de la lumière dans le phare. Non, c'est courant. Mais, c'est ce que j'ai vu après …

Dites-moi, après, vous allez bien me citer dans le journal ? Bon, j'y viens. Vous, vous voulez tout savoir. Eh bien, j'ai vu un homme qui faisait le tour de la lampe, tout en haut du phare, en plein vent. Le fada ! Vous savez sur cette espèce de balconnet qui cerne le sommet du phare.

Non, je n'ai jamais mis les pieds dans ce phare. Non, je n'ai jamais été invité par ce type. Vous rêvez ou quoi ? Vous êtes malade ? Moi, chez un P.D. ! Je veux dire un homosexuel.

Bref, à un moment, je l'ai vu passer par-dessus bord et tomber dans l'eau, dans les vagues qui étaient à ce moment-là vraiment déchaînées …

Oui, c'est ce que j'ai vu. Sûrement pas à cent

pour cent, mais après réflexion, ça ne pouvait être que lui, cet homme, ce pervers … C'est presque sûr. Il le méritait …

Non, je ne sais pas s'il était seul dans le phare. Ça me regarde pas, mais ce que j'ai noté, c'est qu'après, ce que j'ai vu, j'ai remarqué que les lumières se sont éteintes à l'intérieur.

Non, chez moi ? La lumière n'était pas allumée. Manquerait plus que j'allume l'électricité à cinq heures de l'après-midi, avec les tarifs qu'ils pratiquent … Ça arrive parfois qu'il y ait des coupures. Oui, mais pas là. Je ne sais pas.

Non, depuis mon appartement, je ne peux pas voir la porte du phare. Désolé.

Évidemment, je ne sais pas s'il y avait une autre personne à l'intérieur mais moi, je le suppose. Et pourquoi, il aurait sauté comme ça, tout seul, alors ?

Je vous le répète. Ça fait des jours que je m'interroge, que ça me trotte dans la tête et en même temps, je vais vous le dire. Moi, je m'en fous de ce type … Les gens comme ça, ils méritent que ce qu'ils méritent …

Voilà, c'est ce que je voulais vous dire.

Ça va vous servir ?

Vous direz bien que c'est moi qui l'ai vu. Merci, merci beaucoup. Comme ça, à la brasserie, quand les collègues liront le journal, j'aurai ma tournée …

Et pourquoi ça risque de ne pas arriver ?

Vous êtes de son côté, j'aurai dû m'en douter…

Non, je disais ça comme ça !

ENZO, LE PÊCHEUR-DEALER…

C'est ça, je pêche. Je pêche souvent au bout de la jetée. J'aime bien cet endroit. Je m'y sens libre. Je suis d'ici. J'ai grandi sur le port et un peu autour …

Non, je ne travaille pas. Pas en ce moment. Je suis plombier. Quand j'ai eu mon diplôme, ma mère était toute heureuse. Mais j'aime pas trop ça et avoir un patron sur le dos, je supporte pas trop longtemps …

Enzo. C'est d'origine italienne.

Ma maman, elle était italienne. Elle aimait l'opéra, le *Bel Canto*. Elle y travaillait aux costumes, et des fois, elle faisait des remplacements à la billetterie … Elle est partie. Y a quelques années. Elle n'a pas profité de sa retraite. Ça non. Les petites gens y profitent pas. Le cancer l'a pincée à la soixantaine. Les poumons …

Moi, je m'en sors pas trop mal. Je bricole ici ou là. C'est pas vrai ce qu'ils disent. Je ne suis pas un dealer. Faut pas les croire. C'est faux …

Ben oui, de temps en temps. Mais c'est rare.

Juste comme ça. Oui, je fume un peu, ça me détend et ça m'aide à m'endormir, en quelque sorte … J'ai des problèmes de sommeil depuis que maman est partie … Alors … Disons que je partage ce que j'ai quand j'en ai … Voilà …

Vous allez pas m'arrêter pour ça !

La pêche, y a de moins en moins de poissons. C'est la pollution …

Si je peux vous dire des trucs ? Je sais pas. Si j'ai vu quelque chose qui pourrait vous aider ? Le jour de l'orage ? Le jour de la grosse tempête ?

Voyons, moi, je me tenais comme d'habitude avec mon matériel, mon bazar, au bout de la jetée. Oui, au pied du phare ou presque. C'est ça. On vous l'a dit ! Mais qui c'est qui vous l'a dit ? Les gens y parlent trop …

Oui, de là où je pêche je peux voir la porte d'accès au phare. Ce jour-là ? Si j'ai vu quelqu'un ? Eh bien, lui ! Le gardien et c'est tout. Oui, il était seul. Je vous le dis. Il était seul, c'est vrai.

Après, je ne sais pas. Il a commencé à faire mauvais, le ciel s'est assombrit. Ça promettait de tomber … Alors, je suis rentré à la maison. Je suis pas fou. Je la connais la mer. J'ai l'habitude du temps qui change vite et j'aime pas me faire mouiller … Oui, il n'y avait que ça à faire. Et, j'ai bien fait. Quand ça s'est mis à tomber … La vache ! c'est bien tombé. Il t'a fait un de ces orages, la mer s'est déchaînée, j'aime assez.

Ça dégage …

Oui, fait plutôt beau chez nous, mais des fois …

En fait, en réfléchissant bien … Y a un soir, dans la fin de l'été dernier, je l'ai vu sur la plage de la jetée. La petite plage de la jetée, avant les blocs de béton qui longent la digue … Vous voyez cette petite plage de galets fins … Il était assis au bord de l'eau. On aurait dit qu'il avait fumé pire que moi, qu'il était en transe ou ailleurs … ou comme s'il cuvait son vin … Il n'était pas toujours sobre, le gars du phare, ça on le sait … En tout cas, pas comme d'habitude. Je l'ai regardé un moment. Un bon quart d'heure, à peu près … Après, j'ai mes occupations. J'ai été dérangé, vous savez de quoi je parle … Je ne sais pas ce qu'il faisait là, prostré comme ça. C'était bizarre. Ça m'a semblé bizarre …

Autre chose, qui pourrait me revenir ?

Mais je sais pas si ça un rapport. Dans la semaine avant l'orage, le lundi ou le mardi, j'ai vu un gars, un jeune. Je croyais qu'il venait pour me voir … Vous savez … Mais non, c'était pas ça. Il levait la tête vers le phare. Il regardait la tour. On aurait dit qu'il attendait quelqu'un. En fait, je l'ai vu deux ou trois jours de suite. Non, on s'est pas parlé. C'était un jeune, taille moyenne. Il avait les cheveux courts, bruns, oui je crois bien. Normal. Une veste en toile bleue, il me semble. Et un pantalon avec des poches sur le côté des cuisses …

Les chaussures ? Alors là, pas vu. Oui, on peut dire qu'il rôdait, mais … Qu'il surveillait ou qu'il attendait … Oui, c'est probable …

Au début, j'ai pensé que ça pouvait être un flic, euh, je veux dire un policier … Mais, il était trop étrange et trop jeune aussi … Et, il s'en foutait, et de moi et de ma pêche … Non, blanc. Ni noir, ni arabe. Juste blanc, bien de chez nous ! C'est tout ce dont je me souviens pour le moment …

C'est tout ce que j'ai remarqué. C'est déjà pas mal, non ?

J'ai pas l'habitude de fouiner … Je me demande si ça va vous servir … Si je vois autre chose ? Bien sûr … On est d'accord. Parfait, c'est sympa …

Je vous revaudrai ça …

Vous fumez un peu ? Non ?

AUGUSTIN, LE PÊCHEUR DE LA TÊTE ...

J'étais en train de pêcher comme d'habitude. J'étais à la poupe. Je tirais mon filet. C'était une belle journée. C'est qu'y en a marre de ces orages et de ces tempêtes. Le temps est fou, ils nous l'ont tout détraqué.

Oui, c'est le bateau que m'a laissé mon père. Oui, j'en suis le propriétaire.

Mon nom ? Je me nomme Augustin et mon bateau c'est « Circé ». C'est un *gozzo* qui nous suit dans la famille. On est tous pêcheurs. De père en fils. Vous connaissez pas. Forcément vous venez du nord vous, non ? Un *gozzo*. En français on dit une gourse. C'est une petite barquette avec une voile latine. Ça s'appelle aussi un pointu. Ça dépend dans quel port vous êtes. Vous voyez ?

Oui, j'avais tombé la voile depuis un moment. Y a peu à pêcher, de moins en moins. C'est fini le temps de mon père où on ramenait la mer et les poissons … Depuis des années ça se meurt. C'est le désert. Pour sûr il y a du plastique, mais on le mange pas encore. Enfin, c'est comme ça. Et là, dans mon filet, ce jour-là, je faisais le tri comme d'habitude.

Et à un moment, il y a cette chose ronde, cette boule molle et gluante. Vous savez, j'ai mis un bout de temps pour comprendre ce que c'était. Pauvre de moi ! Quand j'ai réalisé ce que c'était ! Le trou grand ouvert. La bouche. La langue qui en sortait toute bleue, les creux vides des yeux. C'est là que j'ai réalisé ce que c'était, que j'ai pris peur. Je l'ai lâchée et je me suis assis. Enfin je me suis affalé. Mes jambes étaient d'un coup en compote. J'étais sur le cul. Ma vue s'est brouillée. Tout tournait sur la coque. La mer et le ciel se sont mélangés. J'étais tétanisé. Ça tanguait comme en pleine tempête.

Jamais, vous savez, je n'avais pensé qu'un jour je pêcherai une tête. Une tête de mort qui me regardait fixement là, entre mes jambes. Vous imaginez. Vous comprenez. Je ne l'oublierai jamais, jamais.

Et à ce moment-là qu'est-ce que j'ai fait ?

J'ai tout plié. Je l'ai enveloppée dans un bout de bâche. Je l'ai cachée au fond d'une glacière. Et j'ai fait demi-tour.

Voilà ce que j'ai fait.

Je suis rentré au port aussi vite que je pouvais. Non, je ne l'ai pas reconnu. Je ne connais pas tout le monde. C'était de la bouillie visqueuse, et d'une couleur cireuse. Ça faisait un drôle d'effet avec ce qui restait des cheveux en bataille.

De savoir que je l'ai eue dans les mains, j'en dors plus la nuit. C'est comme si je sentais encore le poids au bout de mes doigts. Je m'endors et je vois ce truc gluant avec ses yeux creux et cette bouche grande ouverte. Je cauchemarde de ce face-à-face de fou. Des fois, je me demande pourquoi moi ?

Je suis arrivé au port plus vite que jamais. J'ai pas caboté. C'est sûr. J'ai alerté la capitainerie. Je tremblais. Pourquoi pas la police ?

Parce que je suis un marin, moi, monsieur. Ils sont venus après prendre la glacière dans laquelle je l'avais rangée. Au moins, ça ne pouvait plus me regarder. Vous savez, j'ai vomi mes tripes par-dessus bord comme quand j'étais tout môme avec mon père et que le mauvais temps secouait la barquette un peu trop fort.

C'est moche, ça m'a rendu malade. Je vous le dis que je ne dors plus. Une tête sans corps, c'est mort. Si mon père savait, Dieu merci, il est au cimetière. Il fallait que ça tombe sur moi …

C'est tout ce que je peux vous dire. Non, il n'y avait pas autre chose. Dans mon filet, il n'y avait que cette tête, pas de corps, pas d'autres morceaux. Les pauvres poissons qui l'accompagnaient, je les ai libérés. Dieu soit loué, c'était assez pour moi. Non, je vous le dis, j'ai même pas ramassé la poiscaille prise dans mon filet ce jour-là. Je vous le répète. Rien de rien.

Vous savez maintenant je dois y aller. Je vous ai tout dit.

C'est que j'ai rendez-vous avec le rebouteux de la colline du Château. Le curé de l'église de Notre-Dame-du-Port, vous savez celle qui est au bout du bassin principal, il m'a dit que ce gars peut faire quelque chose pour moi, qu'il soigne presque tout. Alors j'ai espoir ...

PIERRE-YVES, LE MÉDECIN-LÉGISTE ...

Pierre-Yves. Je suis le médecin-légiste requis par le procureur. J'ai cinquante-trois ans. Je suis marié. J'ai trois enfants.

Oui, effectivement, c'est moi qui ai pratiqué l'autopsie de ce corps. Voilà, je vous délivre mes conclusions à ce jour.

Dans le cas présent et au vu des éléments constatés, il peut s'agir d'une noyade individuelle primitive à la suite d'une chute dans l'eau. Probablement, cet individu ne devait pas savoir nager. En tout état de cause, vu la météo le jour présumé du décès, savoir nager n'aurait pas été très utile. Il faut noter que la mer était grosse et que des creux de plus de trois mètres ont été relevés. Dès le contact avec l'eau, l'individu a très certainement perdu connaissance. On a donc affaire à un noyé « blanc ». La noyade a proprement suivi la perte de conscience. On parle dans ce cas-là de noyé « blanc » car la mort se produit très vite et le corps reste plutôt blanc cireux.

Alors que dans le cadre d'une noyade vraie par asphyxie, le manque d'oxygénation entraine une cyanose, une coloration bleuâtre sur le visage et une partie du corps. On parle alors précisément d'un noyé « bleu ».

Donc, il y a fort à penser qu'au contact de l'eau, de la surface de l'eau exactement, le choc traumatique s'est situé sur le rachis cervical, plus particulièrement entre la sixième et la cinquième vertèbre. Cela a pu entraîner la rupture de la colonne vertébrale au niveau du cou, plus nettement à la base de la nuque.

Mais il ne faut pas négliger aussi le choc thermique qui peut également avoir entraîné une syncope thermo-différentielle, plus sûrement, on parle alors d'hydrocution.

En l'état des éléments, je ne peux dire si cette chute était accidentelle ou intentionnelle.

Il est à rappeler que la noyade est le premier choix dans le cadre d'un suicide, et, pour votre information, c'est la pendaison qui est le deuxième choix, notamment chez les personnes âgées ou chez les malades incurables.

Si l'on considère que l'homme vivait effectivement dans le phare, si on prend note de la hauteur de ce bâtiment, de la taille des vagues, et de la température de l'eau, on peut penser que toute personne projetée par accident ou volontairement depuis le balcon situé tout en haut de ce phare ne peut que mourir très rapidement.

C'est-à-dire en moins de quatre minutes …

Les différentes étapes de la noyade se succèdent tellement soudainement qu'on parle toujours d'hydrocution. D'ailleurs, accessoirement, je n'ai détecté que très peu d'eau dans les poumons.

La thèse de l'hydrocution est également confirmée par la coloration du corps. Vu l'âge de cette personne, son état général, l'état de son cœur, cet individu n'avait proprement qu'une infime chance de survivre à cette expérience.

Pour ce qui est de l'état du cœur du défunt, il semblait atteint d'une déformation assez rare qu'on nomme la ballonisation apicale, la maladie du cœur brisé, décrite initialement au Japon en 1977. En japonais, ça fait *Takotsubo* ! C'est une cardiomyopathie qui survient après un stress émotionnel.

Concernant sa nudité, évidemment, et on peut le constater sur le corps, les effets du charriage sont indéniables et très certainement la lacération et les frottements dans les fonds marins, ou contre les parties rocheuses, sont à l'origine de la disparition de ses vêtements. La mer l'a littéralement déshabillé. Les pieds, les mains sont très abîmés. Il est quasiment impossible de relever des empreintes exploitables.

De plus la tête a fini par quitter son corps. Il semble apparemment qu'elle ait suivi un parcours ou des courants différents. Elle a été repêchée le lendemain de la découverte du corps, juste après que celui-ci ne vienne s'échouer sur la côte.

Après comparaison de l'ADN prélevé sur le corps, la tête et la brosse à dents du disparu récupérée à son domicile dans le phare, il s'agit absolument de la même personne.

Au vu des constatations effectuées, il reste formellement impossible d'affirmer ou d'infirmer ce qui s'est déroulé cette fin d'après-midi. Je ne peux que justement me répéter. Je ne peux dire si la chute s'est faite accidentellement, volontairement ou sous la contrainte.

Voilà ce que je peux vous assurer à ce jour.

Si vous avez d'autres hypothèses, d'autres éléments qui pourraient apparaître au cours de l'enquête, je reste bien sûr prêt à partager avec vous mon point de vue.

C'est toujours un plaisir de collaborer avec vous.

CARMELO, LE CAFETIER ITALIEN ...

Si, je m'appelle Carmelo.

Mais au café, c'est Lolo. Les habitués, ils m'appellent Lolo. Ça fait plus de dix ans que je suis au comptoir et à la terrasse, et du matin au soir. Si. Assurément, je tiens le commerce de la famille pourquoi que je suis marié à la fille du propriétaire. Ben si, l'ancien, c'est mon beau-père.

Avant ? Si, je travaillais en ville mais finalement, je préfère le village. Il y a des rapports plus forts entre les habitants. Une solidarité qu'il n'y a pas en ville, assurément. Une entraide, aussi. Certes, des fois, ça oblige. On peut se sentir moins libre ...

Quelquefois, c'est bien, même très bien. Mais par moments, ça pèse un peu tout de même.

Si, si, c'est exactement comme ça. Un jour, si, le téléphone il a sonné et c'était ce bonhomme. Si, si, parfaitement, je le reconnais sur cette photo. Pourquoi que je l'ai vu une bande de fois. Si, parfaitement, c'est bien lui. Il m'a demandé si je connaissais Sandro et où est-ce qu'il habitait ce Sandro. Il avait l'air de bien le connaître. Après, ce gars de la photo, là, il est venu au village.

Je ne sais plus quand. Peut-être une semaine ou deux après. Il est venu au café. Ce jour-là, c'est mon fiston qui l'a accompagné jusqu'à la maison de Sandro. Non, après il se débrouillait tout seul. C'est dans le bas du village, c'est là que ce Sandro il habite. Si, sûrement, il y est toujours. C'est une traverse de la rue basse, une petite maison pas trop bien entretenue … C'est qu'il doit pas avoir trop de moyens, ça arrive des fois, pourquoi qu'au village tout est vieux et abîmé.

Je ne sais pas ce qu'ils faisaient ensemble mais quand je les voyais sur la terrasse à l'heure de « *l'Aperetivo* » … Ben, si, si. Vous voulez que je vous dise. Eh ben, ils étaient très complices, très proches, très copains-copains, un peu trop des fois …

Vous comprenez, moi, je remarque ce genre de choses.

Si, si, moi ? non ! je suis marié, je vous l'ai dit. Mais j'ai le droit de remarquer quand un homme est un bel homme …

Ben, assurément, je trouve que ce Sandro, qu'il est beau. Au village, il y en a qui parlent …

Eh ben, moi, je trouve qu'il dégage quelque chose d'animal, quelque chose de sauvage, quelque chose de sexuel. Comment expliquer ça ? C'est comme ça. Mais ne le répétez pas. On ne doit pas parler de ça.

Si, ils étaient bavards. Tous les deux, toujours quelque chose à se dire. Incroyablement bavards … Et proches, très *amici*, je vous le dis. Je vois ça. Moi, je regarde depuis le bar. J'observe le manège des gens. Ces deux, ils étaient bien collés-collés …

Au village, les langues tricotent vite des bonnets qu'on ne veut pas toujours porter …

Le Sandro, il pêche. Il va, il vient. Des fois, il boit un peu trop mais il est réglo ! Il n'a pas d'ardoise. Il paye à tous les coups.

Comment je savais où il habite ?

Eh ben … Je ne veux pas que ça sorte d'ici … Et la femme, elle doit pas savoir. Vous comprenez pourquoi que après ça va chauffer … Je vous assure. Si, une fois, c'est arrivé une seule fois, comme ça. Une après-midi, à ma coupure, j'ai été chez lui. Il m'avait dit de passer si je voulais … Comme ça, mais c'était qu'une fois, il y a longtemps. Je l'avais déjà oublié. On a discuté … Si on peut dire … Ça me revient pourquoi qu'on en parle maintenant … C'était il y a quelques années …

Bien sûr que l'autre venait le voir de temps en temps. Si, exactement, celui de la photo là. Celui-là.

Surtout vers la fin de la semaine. Il me semble. Il restait toute la nuit. Comment je le sais ?

Mais, pourquoi que le matin, ils venaient tous

les deux prendre le café et la brioche ... Et je les voyais. Je le sentais qu'il s'était passé quelque chose. Probablement ...

Moi, assurément, je l'ai su tout de suite. Je vous l'ai dit c'est quelque chose que je sens ... Je l'ai vu dans leurs yeux ... Ça, ils s'entendaient bien. C'était visible, vraiment et même ...

Oh, ces derniers temps, le Sandro, il est comme différent. Eh ben, il est comme absent, triste. Il n'est plus comme d'habitude, son regard a changé. Il est malheureux le bonhomme. Et quand il vient au café, il boit un peu plus qu'avant ...

Si, c'est vrai. L'ancien, y répète souvent. Ils sont contents : ils boivent, ils sont tristes : ils boivent. Et nous, au café, on encaisse. Le bonheur, le malheur, finalement, c'est bon pour le commerce. Il a raison, non ?

Absolument, ils étaient quand même assez discrets. Bonjour, bonsoir, la commande, la note et basta !

Si, si, je suis toujours au café. S'il y a besoin, mais je peux revenir vous voir. Ou alors vous pouvez passer prendre un verre à la boutique. Allez, je vous l'offrirai avec plaisir. Ben, je peux faire ça pour un homme sympathique comme vous ...

Mais, s'il vous plaît, pas un mot pour ce que vous ai dit ...

MARGUERITE, LA VOISINE ...

Je m'appelle Marguerite. Enfin, c'est comme ça qu'on m'appelle, que mes parents m'appelaient. Je vis dans cette maison depuis si longtemps ...

Nous étions amis, voisins, copains. Depuis ... leur maison est vide. La mienne, moins mais un peu plus maintenant. La leur, personne ne veut l'habiter. Quand des gens veulent la visiter, qu'ils viennent chez moi pour se renseigner, je leur dis. Je leur raconte l'histoire, la sale histoire. Après, ces gens-là, ils partent et ils ne reviennent pas. C'est mieux pour moi. Je veux être tranquille.

Seule, je vis seule, enfin presque. J'avais un chat. Il est mort maintenant. J'ai un fils, un enfant, mon seul enfant. Le « fils du voisin », c'est ce qu'ils disent ici. Mais je m'en fous. Tous les deux, on a vécu ensemble. Le petit et moi. C'était bien. C'était notre secret ...

Un jour, le petit, il a voulu savoir. Il m'a posé la question. Vous savez, la question qu'on redoute. La question qu'on ne veut pas entendre. L'enfant voulait savoir. Les enfants, ça veut tout savoir. Et moi, moi, je ne voulais pas dire. Il a crié beaucoup, souvent, alors je dis. Je dis que je vais dire et il se tait. Il attend. Et un jour, je l'ai dit. Tout. J'ai tout raconté. Tout ce qui s'est passé ...

Les copains-voisins, Seth et David, l'agression de David sur la route vers Caen, l'hôpital, le coma, l'odeur de la mort et le départ. Et le restaurant, notre restaurant où nous allions dîner tous les trois. Notre rituel du dimanche soir. Et la dernière réunion dans le restaurant avec les amis, les derniers amis, ceux qui n'ont pas eu peur de la mort, du corps qui s'abîme, de l'esprit qui s'effrite.

On a fait la fête tous ensemble pour David, pour lui, rien que pour lui. Il était si beau, si jeune, et nous on est encore là ...

Je dis ça et en même temps, j'ose pas dire ...

C'est dans la nuit, après cette dernière soirée au restaurant avec les amis de David mais sans lui, c'est quand on est rentré, on l'a fait. Seth et moi, oui, on ne s'est pas rendu compte, mais on l'a fait comme pour conjurer la mort ...

On a fait l'amour. On l'a fait comme ça.

Je ne me souviens pas de tout. J'avais bu peut-être un peu plus que d'habitude.

Après il a quitté la maison. Il est reparti vers la Méditerranée.

Et moi, je suis restée ici, dans la mienne, ma maison vide, à regarder le calvaire au bord de la route. Celle qui va vers Trouville.

Oui, je suis restée sans voix. Petit-à-petit, il a poussé. Mon ventre a poussé. J'ai pas dit. Non. Je voulais l'enfant pour moi, que pour moi. Je me suis cachée. Seule avec lui. Oui. C'est comme ça que ça s'est passé …

Je ne sais quoi dire de plus. Alors, j'ai écrit. Ça faisait presque vingt ans. Oui, j'ai écrit toute la nuit. J'étais seule dans ma maison. La lune n'était même pas là. Seule, c'est souvent et j'ai écrit cette lettre pour Seth. Pour qu'il sache. C'est vrai, c'est fait. Après, il m'a appelé et je n'ai pas répondu. Je pouvais pas. Je ne voulais pas. Je ne voulais plus. Je voulais juste oublier. Quand j'ai appris ce qui s'est passé, je suis aussi restée sans voix. Lui, son corps sans sa tête.

C'est la police qui m'a dit. Personne d'autre, non. J'ai informé mon fils. Il était en Italie, je crois.
Il a compris le silence. La nuit …

La nuit, il n'y a que le bruit de la mer qui crie, qui va et qui repart. Que la mer qui revient.

Le fils, il n'est pas encore rentré. Il est parti pour le tour du monde. Il a dit le grand tour du monde. Quand est-ce que le monde va me rendre mon fils ? Je ne sais plus. Je voudrais être tranquille.
Non, jamais.

Oui bien sûr qu'il m'en a parlé de ce garçon-sirène mais ça ne peut pas exister. Il n'y en a jamais eu dans la Manche. Il fait trop froid par ici.

Il était réservé et moi j'aime pas trop parler. Alors, ça allait bien entre nous …

Laissez-moi maintenant. Je ne peux plus rien dire. Je ne veux plus revenir sur tout ça. Maintenant, vous savez. Cette histoire, il faut l'oublier.

Ça vous va comme ça ?

Moi, je ne veux plus savoir …

MYRIAM, LA SŒUR DE DAVID...

C'est tout à fait ça, David, c'était mon frère, mon petit frère. On avait cinq ans d'écart. J'étais sa Myriam. C'est presque que moi qui l'ai élevé. J'avais douze ans quand nos parents ont disparu en mer, je suis devenue aussi sa mère et son père en même temps.

Oui, je l'ai accompagné jusqu'à la mort, jusqu'au dernier souffle. C'est vrai, j'ai pris soin de lui jusqu'au dernier moment.

Après ce qu'il lui est arrivé sur cette route vers Caen, cette horreur. Tout est allé si vite.

Tous les deux, son ami, oui Seth, et moi, on a été là pour lui. On s'est relayés à son chevet jour et nuit à l'hôpital. On a espéré vingt-quatre heures sur vingt-quatre.

David n'était plus lui-même. Au début, quand il était encore conscient, surtout conscient de son état, il nous renvoyait. Il ne voulait pas nous voir ou alors il voulait qu'on ne le voie pas comme ça …

C'était dur pour moi, dur pour son ami. On se

voyait tous les jours. On y était tout le temps. On espérait ensemble ... et ça n'arrivait jamais, pas de progrès, au contraire, David s'absentait chaque jour un peu plus ...

C'est le médecin-chef qui nous l'a dit, qui nous l'a répété. Comment le croire ? Le cerveau avait été touché, alors c'était irréversible. Et pour nous, c'était inadmissible. Mon David avait le cerveau en bouillie, le cerveau était disjoncté, injoignable en quelque sorte, alors ... il a disparu sans bruit.

Eh bien oui, c'est moi qui ai dit à son ami de partir, de le laisser, de le quitter.

Ça, je le reconnais. Il fallait qu'il le laisse tranquille. Que lui, il avait à vivre. Qu'il s'en sorte. De toutes façons moi je serai là. Alors ...

Au bout d'un certain temps, il a dû faire son deuil, en quelque sorte, un deuil, par avance, vous voyez.

Alors, un jour, il m'a annoncé qu'il repartait vers la côte d'Azur, vers le sud, vers son pays ... Qu'il avait peut-être encore des choses à vivre là-bas.

Après, je ne l'ai plus vu. D'une certaine façon, il valait mieux, et puis comme ça, j'avais mon frère pour moi toute seule ...

Comme quand nos parents nous ont quittés. C'est moi qui ai élevé mon frère, vous comprenez.

Son ami, son partenaire, oui, avec David ils étaient pacsés. Oui, c'était un bon gars. Et beau en plus.

En fait, moi, je ne vivais pas avec eux, alors j'ai pas vraiment à avoir d'avis.

Ce que j'ai remarqué, c'est qu'il est parti. Il est retourné de là d'où il venait. C'était son choix. Il n'aurait rien pu faire de plus pour David … Alors … Mais, il m'appelait assez souvent, et puis après la fin, le décès, de moins en moins.

Alors, vous voyez …

Je ne peux pas vous dire.

Non, je ne savais pas qu'il avait un gamin. Alors, c'est une drôle de nouvelle. Seth a un enfant ! Un garçon.

Quel malheur pour ce gosse. Découvrir son père et le perdre presque aussitôt. Pas de chance. Mais il s'en sortira. On s'en sort toujours …

Alors, je peux y aller ? Je peux vous laisser ?

SANDRO, L'AMI DE TOUJOURS...

C'est bien exact, je m'appelle Sandro. Je suis italien. Je vis en Italie. Dans un village pas très loin de la frontière.

Bien sûr que je le reconnais. Je l'ai connu quand il avait treize ou quatorze ans. Ça fait un bail. Moi, je devais avoir dix-huit ou dix-neuf ans. Je naviguais sur le bateau de son oncle. On peut dire qu'on a un peu joué ensemble à ce moment-là, dans la cale du voilier. C'est-à-dire que …

Oui, je l'ai un peu initié. Ça s'est fait naturellement. Son oncle, c'était le plus jeune frère de son père. Son oncle est mort. Et oui maintenant, ça fait déjà quelques années. Je crois qu'il y a prescription. Non ?

Oui, son oncle, c'était mon compagnon. Nous avons vécu ensemble longtemps, avec des hauts et des bas. Mais on s'est bien marrés. On en a bien profité … Des années formidables. Jusqu'à l'arrivée de cette foutue maladie. Eh bien, le Sida !

Oui, il est mort du Sida. Il y a neuf ou dix ans. Pas vraiment de chance. Il ne répondait pas aux traitements.

Pourquoi, ça vous intéresse ?

Oui, moi aussi je suis séropositif, mais je suis sous traitement. Et ça marche, ma charge virale est indétectable.

C'est bien moi qui ai récupéré ses affaires dans le phare. Il n'y avait pas grand-chose …

En fait, on avait repris contact depuis quelques temps. Il avait fait des recherches pour me retrouver et, un jour, je l'ai vu débarquer comme ça au village. Après, on s'est revus. On se voyait assez souvent. On s'entendait bien.

Oui, c'est exact. Comment le savez-vous ?

Vous avez une bonne intuition. C'est vrai, on était redevenus amants. De temps en temps, on baisait. Faut pas ?

En quelque sorte, j'ai été le premier et le dernier. Son premier et son dernier amant. Et qu'il ne soit plus là, ça me rend triste. Je me serais passé de la performance. Maintenant, je sais que je n'aurai plus personne …

Faudrait un miracle mais je ne crois pas en Dieu. Je n'y ai jamais cru.

Oui, je savais qu'il n'était pas toujours en forme mais sans plus. On n'en parlait pas. Il vivait seul, c'est sûr. Il s'occupait de la maintenance du phare.

Petit boulot, petit salaire, grande liberté. C'est ce qu'il disait souvent. C'était son mantra.

Oui, parfois il me racontait des trucs sur la mer. Sur la recherche de toute sa vie. Ben, il était persuadé que les sirènes existent encore. Il n'avait de cesse de vouloir voir un garçon-sirène. Il a compilé des tas d'infos à ce sujet à chacun de ses voyages à l'étranger. Il y a tant de légendes qui circulent sur la mer, les ports et les bateaux …Vous savez même Christophe Colomb a fait mention dans son journal de bord de sirènes rencontrées lors de son expédition vers le nouveau monde. Alors, pourquoi est-ce qu'un garçon-sirène n'existerait pas ?

Il m'a raconté qu'une fin d'après-midi, il était assis sur les galets à rêver, à espérer le voir, sur cette petite plage au début de la jetée et qu'il l'avait vu. Il m'a raconté que le soleil venait de se coucher et que la lumière commençait à s'éclipser. Eh bien, il l'a vu. Ce fameux garçon-sirène. Il l'a vu s'échouer sur la grève là où les galets se font toujours rouler. Oui, là devant lui, juste devant lui. Ils étaient seuls sur la plage. Il me l'a décrit comme un beau garçon dont le bas du corps à partir du nombril était celui d'un poisson. Ce soir-là, ils sont restés tous les deux les yeux dans les yeux. Il n'a pas su me dire combien de temps cela avait duré. Il m'a raconté que ce garçon-sirène est capable d'émettre un son qui rend les hommes comme fous. Qui exacerbe l'intégralité des sens. Qui même fait bouillir le sang. Qui donne l'envie de commettre des choses fort désirables et quelquefois inavouables.

Je me souviens qu'il en parlait avec passion et fébrilité. Ce face-à-face avait modifié quelque chose en lui. Après, il n'était plus vraiment le même. Je m'en suis rendu compte assez vite. Il était devenu plus léger, comme libéré d'un poids ou de quelque chose qui le retenait. Cela venait confirmer toutes ces années de recherches, de fouilles dans les archives les plus anciennes, dans différents pays. Ce qu'il avait fait quand il voyageait avec son vieil ami Vincent, du temps de leur folle jeunesse. Je reste persuadé que cet emploi sur le port, dans le phare, a entretenu cette quête, cette obsession. Peut-être l'a-t-il revu plusieurs fois depuis son balcon au-dessus de la mer. Qui sait ? D'ailleurs, je me demande si moi aussi je ne l'aurais pas vu depuis le haut du sémaphore. Mais c'est flou. Qui me croirait ? Oui qui ?

Tout le monde me prendrait pour un fou, un illuminé.

Maintenant, il n'est plus là pour en parler. C'était le dernier survivant. Ils sont tous morts. Je suis le prochain sur la liste, c'est sûr.

Je sais maintenant pourquoi il avait disparu comme ça. Je n'avais plus aucune nouvelle. Je l'ai appelé à plusieurs reprises. Je tombais toujours sur son répondeur et comme cela durait, je me suis inquiété. Ce silence m'a alerté. Je suis allé à la capitainerie. J'ai réussi à convaincre l'officier qu'il s'était peut-être passé quelque chose de grave. Eh bien, je savais pour son cœur.

Alors, nous sommes montés dans le phare. L'officier a accepté car ça faisait plusieurs jours que lui aussi ne le voyait plus sur le port.

Oui, la porte était fermée à clef. L'officier avait un double. Là-haut, c'était vide. En ordre, mais vide. Nous sommes aussi montés sur le balcon en cercle sous la lampe. Il n'était pas là. J'y suis resté un moment. J'avais comme un pressentiment. Non, tout était en bon état. Rien ne traînait.

Après, c'est vous qui m'avez contacté, qui m'avez dit. Oui, j'ai trouvé la force d'aller à la morgue. C'était dur pour moi mais il fallait que je le fasse, comme par respect pour tout ce que l'on a vécu ensemble.

Et ensuite je me suis occupé de l'incinération. J'ai toujours l'urne chez moi, au village. Elle me tient compagnie.

Non, il n'avait pas de problème, pas d'ennemi. En tout cas, pas à ma connaissance. Vous savez, il a toujours été discret, tranquille. Moi, des fois, je trouvais même qu'il était trop réservé. Mais c'était lui. On ne se refait pas. Il était comme ça.

Ah si, un truc qui me revient. Quelques temps avant de disparaître, il m'avait dit un soir au téléphone qu'il avait un fils. Qu'il était papa. Qu'il avait découvert qu'il avait un fils et qu'un jour ou l'autre ils se rencontreraient. Il venait de l'apprendre par une lettre qu'il avait reçue de son amie de Normandie. Une Marguerite qui était leur voisine là-bas. Elle le lui avait caché pendant presque vingt ans. Il en était retourné. Je l'ai compris à sa voix. Et après, quand je le questionnais, il restait très évasif. Il me répétait juste qu'il avait un fils qu'il ne connaissait pas.

Non, il ne m'a jamais parlé de quelqu'un qui lui en voudrait.

Non, l'agression de son ami David, il n'en parlait jamais. Il savait que les deux agresseurs avaient été arrêtés. C'est tout. Vous croyez que ça pourrait être une vengeance de l'un de ces types ?

Vous savez, il était tellement discret, tellement gentil. Et pourquoi ? C'est sûr, rien ne doit être mis de côté ... Bien sûr, c'est moi qui ai récupéré ses effets. C'est ce jour-là que je l'ai vu. C'est ce que je vous ai dit.

Qui ? Le garçon-sirène !

J'étais dehors tout là-haut à regarder l'horizon. Et un peu vers le large, en contrebas de la tour, c'est là que je l'ai vu. Enfin que je crois l'avoir vu ... Je ne suis plus sûr de rien ... Au départ, j'ai cru que c'était un nageur, un bon nageur. Puis, à un moment, il s'est arrêté de nager et il s'est retourné dans ma direction. J'ai vu son visage et ses cheveux blonds. Il me souriait. Je l'ai vu me saluer en sortant son bras hors de l'eau.

Il s'adressait à moi. Et après son geste, il a filé vers le large, presque à la surface des vagues et c'est là que j'ai vu sa queue de poisson. Elle brillait dans l'écume.

Je vous assure que plus j'y pense et plus je suis sûr. Je l'ai vu …

Sans problèmes, vous pouvez venir voir ses affaires. Il y a juste quatre cartons, quelques vêtements, des photos, des carnets, des courriers. Je n'ai pas encore osé mettre le nez dedans.

Oui, je suis toujours au village. Je n'en bouge pas. Où est-ce que je pourrais aller ? Je me le demande. Et les cendres qui sont chez moi, est-ce qu'un jour quelqu'un viendra les chercher ?

Son fils ? Vous avez raison.

Je serais heureux de le rencontrer son fils. J'aimerais bien voir la tête qu'il a. Si je pouvais avoir son numéro. Je pourrais l'appeler. On pourrait parler ensemble de son père.

Voilà, ça va vous aider ?

Non, je ne vois pas ce que je pourrais rajouter. Si j'ai quelque chose qui me revient, je vous appellerai.

Comptez sur moi.

Ça me donnera l'occasion de vous revoir, peut-être ?

GILDA, LA MÈRE DE GINO ...

Comment ça depuis quand ? Depuis toujours. Je crois. Ça fait longtemps que je suis ici dans cette maison. Je l'attends, elle ne vient pas.

Moi, c'est Gilda, j'ai quatre-vingt-douze ans. Eh oui. Et ça dure un peu trop …

Nous, on habitait à côté d'eux, on avait la plus belle ferme du coteau. On faisait des haricots, des kiwis, du maïs. On avait aussi des vaches, comme eux. C'était la belle époque. On était voisins avec la campagne de ses parents.

Lui, bien sûr que oui, il est venu à l'enterrement de mon fils, mon Gino, mon beau Gino. Mon fils. Qu'il est mort sous le tracteur …

Enfin, à vous, je peux le dire, c'était pas vraiment un accident. C'était en 1993, au mois de juin, mon Gino, il avait cette maladie, cette maladie de l'amour et de la mort. Il l'avait attrapée à la ville quand il est allé passer son examen de l'agriculture. C'est à cette occasion qu'il a été avec un homme, avec un inconnu. Un soir, après que le père y se soit couché, il me l'a dit comme ça en pleurant. Il ne pouvait plus le garder pour lui. Quelle folie. Ce virus, ce Sida, c'est comme ça qu'il disait. Il était séropositif. Il avait fait le test, le test ELISA. Comme le prénom de ma sœur. Il savait et ça voulait dire qu'il allait mourir. Mon pauvre Gino. Il ne supportait pas cette idée. Il avait peur. Il ne voulait pas que ça se sache au village qu'il était comme ça. Alors, un jour, il a fait quelque chose de trop, quelque chose de plus …

Il est parti avec le tracteur et au bout du champ qu'il était en train de traverser, il a accéléré, il s'est pas arrêté. Il a fini dans le canal. Ils sont tombés l'un sur l'autre. La machine l'a écrasé …

C'est après que le père a commencé à perdre la tête, qu'il a commencé à oublier une chose et une autre. C'était pas facile à ce moment-là.

Au bourg, ils en ont parlé. Ils en ont dit des saloperies sur mon fils et puis, ils se sont tus, comme d'habitude.

Oui, c'est à l'enterrement que j'ai revu Seth. Il ne venait plus au village. Ils l'ont fait trop souffrir quand il était gosse. Un enfant rouquin avec un prénom comme ça, ça en voit de toutes les couleurs …

Oui, ce jour-là, on a bien causé tous les deux dans la chambre de mon Gino. J'avais préparé des photos que je voulais lui donner pour qu'il ne l'oublie pas notre Gino … Ils avaient le même âge. Ils allaient à la même école. Ils dormaient souvent ensemble chez nous, à la maison. Ils étaient comme deux frères, inséparables. J'avais à ce moment-là comme deux fils …

Non, à l'enterrement, je ne me souviens plus trop bien. C'était trop difficile, trop dur. Le père, y faisait que pleurer...

Maintenant qu'il est mort, le vieux, je peux vous le dire, moi, je savais qu'ils s'aimaient ces ceux-là. Oui, ils s'aimaient, mais ces jeunes fous, ils ne le savaient pas.

C'est quand y en a un qui meurt, quand il y a une absence, que l'amour se met à faire mal … Fallait voir tout ce qu'ils faisaient ensemble …

Mon Gino, si beau. Au village, on disait, le « brun » et le « rouquemoute » …

Toujours ensemble …

C'était un bon gars ce Seth. Maintenant il est parti lui aussi. Je crois qu'ils vont se retrouver là-haut. Oui, j'en suis même sûre. Moi, il me tarde maintenant de monter les rejoindre.

Mais il n'y a que Dieu qui décide. Personne ne doit décider ça à sa place. Personne ! C'est un péché. Ça ne se fait pas. Je prie tous les jours pour que Dieu pardonne à mon fils …

Moi, il me faut attendre. Il y a des jours, j'appuierais bien sur le bouton pour monter, mais j'ai pas le droit. Je suis tellement fatiguée. Quatre-vingt-douze années, c'est trop, c'est trop. Bien sûr que je vous entends.

Je ferme les yeux, c'est pas que je dorme mais c'est mieux, c'est comme pour oublier ...

Pour tout oublier ...

JOHN, DE LA BRASSERIE DE L'AVENUE …

Oui monsieur, voilà, moi, c'est John, c'est plus simple comme ça. Oui, voilà plus français. Non, mon vrai nom c'est Ibrahima. Mais ce n'est pas à dire ici … Oui monsieur, voilà je suis africain. Je viens de Guinée, monsieur …

Oui, ça fait maintenant quatre ans. J'ai débarqué d'abord en Italie, puis je suis arrivé en France. Voilà, je suis bien dans ce pays. Non monsieur, les autres voulaient aller en Angleterre, mais pas moi … Je préfère la France.

Oui monsieur, voilà, j'aime le bord de mer ici. Dans mon pays, la Guinée, c'est la misère, la corruption. On est très malheureux. Il n'y a que les hommes politiques et les fonctionnaires qui s'en sortent. Nous les pauvres, on trime … Oui monsieur, voilà, mes parents ont été emprisonnés. Et puis ils sont tombés malades. Ils pouvaient pas payer. Ils sont morts. Non, pas d'argent pour le docteur et les médicaments … Alors, voilà, oui monsieur, j'ai pris le bateau ...

Et voilà, maintenant, je travaille en France. J'ai les papiers. Oui monsieur, voilà, bien sûr vous pouvez vérifier. Tout est là monsieur. J'ai même des fiches de salaire ... Voilà, ça fait deux ans que je travaille dans cette brasserie sur l'avenue.

Oui, je le reconnais sur cette photo, c'est bien lui. Oui monsieur. Oui, voilà, il était très gentil. Non, non, je ne peux pas croire qu'il est mort comme ça, si vite. Mais je comprends ce qu'il a fait. Je ferais pareil ... Oui voilà monsieur, moi je ferais comme lui. Ça c'est évident pour moi. Je n'en doute pas.

Pourquoi ? pour moi, il s'est suicidé. C'est sûr. Pourquoi ? Parce que monsieur, voilà, moi j'ai le Sida ...

Je ne sais pas jusqu'à quand je vais vivre. Si je pourrais toujours avoir des médicaments. Quand on a le Sida, c'est comme si on avait un sac à dos avec dedans une bombe à retardement. Oui monsieur, voilà, si la vie devient trop dure, comme pour mes parents, trop difficile ... Si la bombe est trop près de l'explosion, alors, je me tuerai ... pour en finir de cette galère, comme pour garder le contrôle des choses ... Quand c'est trop, voilà c'est trop, non ?

Comment je le sais ?

Monsieur, car on en avait parlé ensemble. Oui, voilà quelquefois, il y pensait. Monsieur Seth, il était trop usé, trop fatigué. Il était souvent essoufflé. Et une nuit, il me l'a dit. Je m'en souviens, oui monsieur, voilà … Au cœur de la nuit, oui monsieur, on se dit parfois des choses comme ça … Non, ce n'est pas toujours très joyeux … Oui, voilà c'est pour ça. Quand ça sera le moment, je baisserai le rideau … Je passerai de l'autre côté … Et j'irai voir mes parents. Je retrouverai mes oncles et mes tantes … Et, peut-être monsieur Seth, aussi …

Oui monsieur, voilà, cette histoire de garçon-sirène, il me l'a racontée. Vous n'y croyez pas ?

Et pourquoi on devrait pas y croire ?

Chez nous, en Afrique, il y a beaucoup d'histoires, en tout genre … Oui, voilà tout existe si on y croit … Y a pas besoin de voir. Non monsieur, il suffit d'y croire et c'est bon. Voilà, c'est simple. La parole des anciens, c'est sacré. Oui monsieur, voilà, ils sont sages. Ils savent tout. Oui, c'est leur pouvoir … En fait, oui, c'est vrai. On s'est vus quelques fois, puis voilà, ça s'est espacé …

De temps en temps, il passait à la brasserie mais non monsieur, l'avenue, ce n'était pas son quartier. Lui, il était beaucoup plus sur le port …

Oui monsieur, voilà, il était peintre. C'est ce qu'il m'a dit. Au début, il voulait que je pose pour lui. Que je pose tout nu. Voilà, que je fasse le modèle comme ça … Non, ça ne s'est jamais fait …

Oui monsieur, voilà, on a fait autre chose … Oui, des choses chez moi dans mon studio. Oui, oui, des choses au lit. Ce n'est pas permis au pays … Si on vous attrape vous savez, voilà, ça vaut la prison en Guinée ou la mort …

Vous, monsieur, vous ne le savez pas ? Ici, en France, c'est plus tranquille pour ça. Mais je préfère rester discret. Voilà, on ne sait jamais. Ça ne regarde personne, non ? Je crois monsieur que vous comprenez très bien ce que je veux dire. Voilà, oui ? Non ? non, je n'ai rien dit. Je dois me faire des idées. Je me trompe. Oui monsieur, voilà, c'est ça je me trompe. C'est la fatigue. Trop de travail …

Quelle heure avez-vous ?

Oui monsieur, voilà, je vais être en retard. Monsieur, est-ce que je peux partir travailler maintenant ?

Oui monsieur, voilà, je suis toujours joignable au numéro que vous avez …

La bonne journée à vous monsieur …

ADAM, LE FILS ...

Ben oui, du coup, j'ai juste vingt et un ans. Oui, il paraît que c'était mon père. C'est ma mère qui me l'a dit. Je suis le fils de Seth. Ça été dur pour elle de me le dire, mais elle y est arrivée.

J'avais déjà vingt ans, je crois. Du coup, je ne l'ai vu qu'une fois. Dans un bar sur le port, pas loin du phare. Non, il n'a pas voulu qu'on aille chez lui. Il m'a dit que c'était trop moche. Que ça ne valait pas la peine de monter toutes ces marches pour voir où il créchait. Moi, j'aurais bien voulu voir depuis tout là-haut, la ville, la mer, la vue d'enfer que ça doit être ... Il m'avait dit, une autre fois ...

Du coup, maintenant c'est râpé.

C'est ça, c'est ma mère qui m'a donné son adresse et son téléphone. Je l'ai assez embêtée pour qu'elle me le dise.

Oui, j'ai tourné autour de ce phare, je voulais le voir en cachette. Non, j'ai pas réussi. Oui, du coup, je l'ai appelé. C'était pas top. Et après, on s'est rencardé dans ce bar qu'il fréquentait sur le port. D'ailleurs, du coup, tout le monde le connaissait dans cet endroit.

Qu'est-ce qu'on s'est dit ?

Presque rien, on se regardait, on se souriait. On ne se connaissait pas. Il y avait du travail, du temps à passer, à dire et puis … Du coup, je l'ai trouvé vieux, usé, fatigué, et dans ses yeux, il y avait à la fois de la joie et de la peur …

Mais je crois que c'est ce que je ressentais aussi en moi, sûrement …

Non, je ne l'imaginais pas comme ça. Du coup, j'étais pas sûr de vouloir le revoir, c'est con …

Ouais, après, je suis parti en Italie, et depuis l'Italie jusqu'à la Grèce. Du coup, c'est ma mère qui me l'a appris.

Oui, je ne l'aurais vu qu'une fois. Du coup, c'était court pour faire un père et un fils … Je veux dire pour faire connaissance, quoi.

Je ne crois pas. C'est sa vie, son histoire. C'était un homme libre. C'est ma mère, elle me l'a dit, qu'il était vraiment libre. Du coup, ça me plaît bien.

Aucune idée, si ça se trouve, il est tombé à la mer, comme ça, par accident, et du coup, ou alors, il l'a décidé tout seul. Pour en finir avec cette fatigue, avec cette vie. On ne saura jamais …

Du coup, c'est ça le mystère …

Non, je veux continuer mon tour du monde.

Oui, partir en Turquie … Après, j'sais pas.

Du coup, j'sais pas quand je reviendrai …

Ouais, ma mère, elle sait toujours comment me joindre … Faut passer par elle.

Y a pas de soucis ! Du coup, j'y vais alors ?

ROBERT, LE PROPRIÉTAIRE DU GARAGE...

C'est bien ça, je m'appelle Robert. J'ai soixante-treize ans. Je suis veuf. Non, sans enfant. C'est à moi. Ce garage est à moi. Lui, il disait atelier, mais au départ, c'est un garage. Oui, j'y tiens. Avant, je m'en servais pour garer l'auto et pour bricoler, mais avec l'âge, j'ai largué l'auto et j'ai fini par louer. Pas cher, ça me fait un peu d'argent pour jouer au turf, et au PMU. On ne se refait pas.

Oui, il peignait là-dedans. Enfin, faut voir ce qu'il peignait. C'était sans queue, ni tête. Y a des portraits, des visages tout tordus, et même une espèce de tableau avec un homme qui a un corps de poisson. C'est n'importe quoi ! J'en voudrais pas chez moi. J'aime pas trop, même pas du tout, mais bon, chacun est libre …

Il a laissé un bordel. Pardon mais il y en a partout. De quoi ? De la peinture, des chiffons, des bouteilles de vin, vides, bien sûr …

Qui c'est qui va me nettoyer tout ça ? Et le

loyer ?

Le dernier trimestre, qui c'est qui va me le payer ?

Non, je ne le connaissais pas plus que ça. Je le voyais souvent au bar, au café du port.

Non, moi je ne bois pas. Je passe souvent devant quand je vais au PMU. Je suis drôlement embêté par tout ça.

Et pourquoi je ne dois pas toucher à tout ce qu'il y a là-dedans ? Vous plaisantez. Vous croyez qu'il y a des preuves ? Des explications ?

Oh moi, je pense qu'il a dû boire un coup de trop et hop ! Par-dessus bord, à la baille …

Il aurait pu au moins me régler le dernier trimestre, cet enfoiré. Va falloir que je me trouve un autre locataire, quelqu'un de plus honnête. Si vous entendez quelqu'un qui cherche un garage, pensez à moi.

Vous pouvez me l'envoyer. Non ?

Comment ça ? Il y a une enquête. Ça c'est la meilleure ! Ah, si on me l'avait dit. C'est vrai que j'aurais dû me méfier. Il avait l'air bizarre. Les rouquins, moi, je me demande si on peut vraiment leur faire confiance, ma foi !

Ah, excusez-moi. Ça se voit pas. Comme vous êtes totalement rasé.

Non, je dis ça comme ça. Ne m'en veuillez pas. Non, je vous l'ai dit. Je ne le voyais que pour le paiement du loyer, et c'est tout.

Ne m'en voulez pas, vous c'est pas pareil. Non, c'est différent.

Bien, alors je reviendrai s'il le faut, si je suis obligé. Mais tout de même, il faudra me faire savoir quand je pourrai mettre en place un nouveau locataire ...

MATHIEU, DE LA BRASSERIE DU PORT ...

Absolument, depuis presque deux ans. Avant, j'étais à la plonge mais je préfère être en salle, être au service. J'aime bien causer avec les gens. C'est vivant. Mathieu, c'est comme ça que je m'appelle. Célibataire. Ben oui, c'est pas un boulot où on peut avoir une famille. J'ai essayé avec une copine mais ça n'a pas marché, on s'est séparés. Et alors ?

Alors, j'ai gardé le chat. C'est lui qui m'attend à la maison ...

C'est triste, oui, c'est bien triste ce qui est arrivé. Ce gars, je l'aimais bien. Il était toujours de bon poil, même avec un verre de trop, toujours souriant, avenant. S'ils étaient tous comme ça, comme lui ... Mais bon, on fait avec ce qu'on a, c'est comme ça ... Des fois, je discutais avec. Il avait toujours un truc pour remonter le moral des troupes, comme on dit. Toujours un mot gentil, réconfortant.

Oui, il m'en a parlé. C'est une légende comme il en existe beaucoup. Mais lui, il avait vraiment l'air d'y croire dur comme fer, d'y tenir. Il m'avait dit qu'il l'avait vu un jour et qu'il espérait toujours de le revoir …

Moi, vous savez, j'ai appris à ne pas contredire les clients … Dans mon boulot, c'est la base. Je dis toujours oui-oui, *Okay*, ah oui, c'est parfait …

Et c'est très bien ainsi, ça me permet d'avoir de bons pourboires …

Non, moi, j'y crois pas. Ça se saurait si un garçon-sirène passait dans le coin, dans la baie ou dans le port. C'est sûr, un garçon-sirène, on en parlerait. Ça se saurait. Non, c'est pas possible.

Oui, ça m'attriste. C'est toujours les meilleurs qui partent … C'est décevant, la vie, finalement, on est peu de choses. Je ne sais pas …

Il a dû être marié avant. Une fois, y a pas très longtemps, il m'a dit qu'il avait un fils mais je n'en sais pas plus. Vous savez, j'écoute mais je ne retiens pas tout. Oui, je l'aimais bien.

Vous croyez qu'il a été assassiné ? Et, qui lui aurait voulu du mal ?

Ah bon, ça m'étonne. J'ai rien vu venir. Rien. Oui, ma copine, elle me le disait aussi … J'ai jamais pensé qu'il était peut-être dépressif. Non, jamais. Vous voulez dire alors qu'il s'est peut-être suicidé ? Oh là, c'est encore plus triste. Quelle vie !

Et dire qu'on ne sait pas comment on va finir …

Quelquefois, je pense à mon chat, au moment où il sera trop vieux, trop épuisé par sa vie de chat. Peut-être qu'il vaudra mieux abréger ses souffrances. C'est ce qu'on fait pour les animaux. Je me demande si pour nous les humains … on devrait pas finalement faire pareil. Après tout, ça devrait être notre liberté ! Non ?

Tout ça, ça me casse le moral. Heureusement que dès que je prends mon service, les idées noires se barrent. Dans le feu de l'action, on ne pense pas, non, on ne pense pas. On court. C'est ça, on court …

Eh oui, je dois y être tout bientôt. Je fais la journée continue, en quelque sorte. C'est intense mais après, je suis tranquille. Je peux retrouver mon chat.

Eh bien, à bientôt. Passez une bonne journée …

BÉRÉNICE, L'ÉPOUSE DE VINCENT ...

C'est Bérénice. C'est exactement ça. Je viens d'avoir cinquante-neuf ans. J'ai épousé Vincent en 1988, au printemps. C'était merveilleux. Il était si beau. Il y avait beaucoup d'invités. Je ne sais plus. Je ne me rappelle plus. Si Seth est venu au mariage ?

Non, je ne crois pas. Je ne m'en rappelle pas. En tout cas, moi, je ne l'ai pas invité. J'en suis presque sûre. C'est vieux tout ça. Vous ne le savez pas, mais c'était surtout un ami de Vincent, un ami important dans la vie de mon mari. De sa vie d'avant notre mariage, en tout cas. C'est ça, il m'en parlait assez souvent. Ça ne me plaisait pas trop. Cette complicité, cette facilité entre eux deux. Moi, j'avais du mal. Du mal à exister entre eux deux, mais je suis toujours là. Voilà, j'ai tenu. Je me suis accrochée. Je suis toujours là !

Je peux dire que ça s'est un peu arrangé entre nous quand ce garçon, ce Seth, est parti en Normandie, je n'ai pas très bien compris pourquoi, mais c'était tant mieux ! En Normandie, oui, nous avons été leur rendre visite. Je devais faire plaisir à mon mari. Alors, nous avons fait ce voyage pour aller le voir lui et son partenaire. Nous étions à l'hôtel à Deauville. Un très bel hôtel près de la plage. Je crois qu'il y avait même un casino. Non, ce n'est pas pour nous. Nous n'avons pas ce travers. Même pas une seule fois.

Oh non, je n'aurais pas voulu dormir dans leur maison, ça non. Je me souviens à l'époque, ils avaient l'air heureux ces deux-là, mais nous aussi, vous savez avec mon mari, on était heureux. C'est vrai.

Oui, son compagnon était plus jeune que lui, un très bel homme, bien mis et cultivé.

Quel dommage ! Il était journaliste, je ne sais plus dans quel journal. C'est lui qui a été agressé dans la banlieue de Caen. Par des voyous. Il ne s'en est pas sorti. Mon mari ne m'a pas donné les détails. C'est moi qui ai recherché dans la presse ce qui est arrivé. Vous savez, c'était pendant cette période particulière, il y avait partout des manifestations contre le mariage pour tous. Avec Vincent, on n'est pas toujours d'accord, ce n'est pas si simple, peut-être que ce sont nos divergences de point de vue …

Des voyous, je vous l'ai dit. Ils l'ont agressé, battu, mutilé …

Vous savez, ils l'ont marqué des deux lettres. Sur son front, avec un couteau. Quelles lettres ?

Eh bien, le P et le D, pédé. Vous comprenez.

Bref, il a fait du coma et il a fini par mourir, comme ça, petit-à-petit. Je crois qu'ils ont été arrêtés, mais je ne sais plus très bien. C'est confus.

Non, je ne crois pas.

Non, nous n'avons pas pu avoir d'enfant … Non. C'est un regret pour mon mari. Un gros regret. Pas pour moi. Il me semble que ça nous a éloignés l'un de l'autre. C'est le destin. C'était écrit.

Oui, je sais, mon époux m'en a parlé. Quelle histoire ! Quelle drôle de femme. Garder un enfant en étant célibataire, le cacher au père. Le priver de sa paternité. Mais bon, chacun fait comme il veut. De nos jours, tout est tellement différent. Tout part en quenouille. Cet enfant, ce garçon, il s'est développé sans père, sans la présence d'un homme …

Qu'est-ce qu'il peut faire ?

Que va-t-il devenir ?

Ah bon, je ne savais pas. Alors, il s'en sort plutôt bien. Comme quoi … Mais, c'est rare.

Oh, avec lui, on ne se parlait presque pas, je vous l'ai dit, c'était l'ami de Vincent. C'est tout. Pour moi, c'était rien.

Non, je ne suis jamais allée dans le phare, mon dieu ! pour quoi y faire ?

Ils se voyaient à l'extérieur, jamais chez moi, je veux dire dans notre villa. Je ne tenais pas trop à le voir dans notre univers. On n'était pas du même milieu, vous comprenez ?

Et puis je me demande s'il n'était pas un peu jaloux de moi.

Si vous voulez mon avis, il aurait dû se marier avec cette normande, cette Marguerite, c'était leur voisine. On avait été la visiter lors de notre séjour là-haut. Elle nous avait invités chez elle pour un apéritif dinatoire, vous voyez le genre. Elle avait un peu l'air bizarre.

Ils auraient élevé cet enfant, ce garçon. Ils auraient pu être heureux ou essayer. Et ce Seth n'aurait pas fini comme ça. Elle se serait occupée de lui …

Les choses auraient été différentes, plus dans l'ordre.

Je ne peux vous en dire plus. Je préfère rester à l'écart. Je suis d'ailleurs très étonnée qu'on me demande tant de choses, qu'on me demande mon avis sur ce monsieur.

Avec plaisir, je peux disposer …

VINCENT, LE CARDIOLOGUE...

Vincent, cardiologue bientôt à la retraite. En tant que médecin je le suivais depuis longtemps. Je l'ai toujours eu comme patient mais avant tout c'était un ami, mon plus vieil ami. Je ne comprends pas ce qui a pu se passer. Je vous l'ai dit. C'était un ami, un ami très cher. On se connaissait depuis 1980. C'était vraiment mon meilleur ami. Un ami de longue date, si vous voulez …

C'est ce qu'on disait. On était jeunes. On était bien ensemble, on savait fonctionner sans trop se poser de questions. C'était bon le jour et c'était bon la nuit. On s'amusait tout le temps à cette époque.

Oui, on aurait pu. Mais je n'ai pas eu le courage. Il y avait le Sida, ça me faisait peur. C'était une autre époque et nous venions de milieux différents, trop différents. Et avec mes parents, je ne pouvais pas me le permettre.

Je sais que ça été dur pour lui, que je lui ai fait

du mal. Il a fait, en quelque sorte, une dépression après notre rupture …

Certains jours, j'ai comme un regret. Je me sens mal par rapport à ce que j'ai fait. Mais je me suis marié, effectivement … En 1988, je crois.

Effectivement, j'ai été reconnaître le corps. Moi qui l'ai connu jeune, si beau. Le voir ainsi, allongé sous ce drap …

J'ai du mal à oublier cette image …

Je ne peux pas le croire.

Comment cela a-t-il pu se produire ?

La dernière fois où je l'ai vu ?

C'était à mon cabinet. Son état de santé n'était pas parfait. On aurait pu faire quelque chose. Essayer autre chose, un autre traitement. Je le lui avais prescrit. Il avait une déformation du cœur. Il s'essoufflait assez vite. C'est une maladie rare, le *Takotsubo*. Les japonais disent que c'est la maladie du cœur brisé …

Quand on était jeunes, on a beaucoup voyagé ensemble. Je faisais mes études de médecine et lui travaillait ici et là. Si j'avais su …

Notre relation, je vous le dis, je l'ai arrêtée quand je me suis marié. C'était trop difficile à gérer pour moi. Il me faisait trop d'effet, mais je ne pouvais pas faire ça à mes parents … ni à Bérénice, ma femme. On s'est détaché l'un de l'autre, mais j'ai toujours veillé sur lui, de loin … Ça n'était pas suffisant … Je sais que cette période a été très dure pour lui. Je sais qu'au même moment, il a dû affronter la mort de Gino, son ami d'enfance, au village. Ça, ça l'a perturbé également …

Oui souvent, il parlait d'un garçon-sirène. Il y croyait dur comme fer. Quand nous étions à l'étranger, il s'arrangeait pour faire des recherches à ce sujet. Nous avons été ensemble en Thaïlande, au Cambodge, en Inde, en Italie aussi. C'était bien. Là-bas, à l'étranger, on était bien plus libres. Plus libres qu'ici. C'est surtout à Venise, je m'en rappelle, qu'il avait eu le plus de données sur ce garçon-sirène. Il y a beaucoup de légendes et là-bas, il avait récolté des témoignages. Je m'en souviens.

Moi, je n'y crois pas. Je n'y ai jamais cru. Mais ça me rendait mon Seth encore plus sympathique, plus touchant. J'aimais le voir en parler avec cette passion …

Peu de temps après mon mariage, il est parti en Normandie.

C'est là-bas qu'il a rencontré ce gars, ce David.

C'est là-bas qu'il a été le plus heureux. Enfin, je veux le croire …

Ce gars, David, c'était un journaliste. Un très beau garçon. Avec ma femme, nous étions allés les voir chez eux … Je voulais savoir …

Et puis, il y a eu ce drame, cette agression, ce viol. C'était un massacre homophobe. C'était en plein pendant les manifestations contre le mariage gay … Il avait été laissé pour mort dans un fossé. C'est un cycliste je crois qui l'a trouvé, qui a alerté les secours … David a été très abîmé. Seth a essayé de rester à ses côtés. Les dégâts physiques de l'agression, les atteintes corporelles subies était irrémédiables. Les séquelles trop nombreuses. Ce gars s'est enfoncé dans le coma, dans la nuit. Il a fini par mourir. C'était une libération dans son cas. Quand le cerveau est atteint, que tout s'éteint, le corps suit …

Les agresseurs ont été arrêtés, plus tard. Des années plus tard, ils avaient recommencé sur un autre homme en utilisant la même sauvagerie. Je ne sais pas s'ils sont toujours en prison ou s'ils sont libres à présent. C'était atroce ce qu'ils ont fait, vraiment atroce. Insupportable, inhumain …

Cette histoire, ça l'a fracassé. Quelques mois plus tard, après ça, Seth est revenu sur la Côte d'Azur. C'est là que je l'ai logé dans un de mes studios qui venait de se libérer.

Je vous l'ai dit, je l'ai toujours aimé, euh … je veux dire je l'ai toujours aidé. Excusez-moi …

C'est à cette période qu'il a pris ce travail au phare.

Oui. Exactement, pour son fils, je sais, il l'a appris par une lettre. Il me l'a donnée à lire. C'était son amie de Normandie, c'était Marguerite, leur voisine. Quand il habitait là-bas avec David. Leurs maisons étaient proches l'une de l'autre, dans le bocage pas très loin de Trouville. Une femme que nous avions rencontrée quand nous étions passés les voir avec mon épouse … Il avait eu un seul rapport sexuel avec elle. Il ne s'en souvenait même pas. Sûrement un soir trop alcoolisé. Je me suis dit que c'était une façon pour eux deux de conjurer la mort qui rodait autour de David, pour se rassurer. Je crois que c'était juste avant de revenir sur la Côte. Je sais que cette femme pouvait boire comme un homme. Elle est tombée enceinte et elle a gardé ce secret pour elle. Son enfant que pour elle. Lui, il venait de quitter la Normandie. Son David n'était plus là. Je vous l'ai dit. C'est à ce moment-là qu'il est revenu ici. La lettre l'informait après vingt années de silence. Il fallait qu'elle le lui dise parce que ce jeune homme, Adam, son fils, avait envie de connaître son père … de le rencontrer … C'était loin d'être évident.

Ça le bouleversait, il n'y croyait pas. Et en même temps, il était heureux de cette nouvelle. C'était quand même un séisme pour lui. Il n'en dormait plus. Comment être prêt à la rencontre de ce jeune garçon, son fils. Vous imaginez. Se découvrir père d'un garçon de presque vingt ans …

Je lui disais qu'il devait prendre cela comme un cadeau de la vie, qu'il avait de la chance.

Finalement, avec Bérénice, nous, non, nous n'avons pas pu avoir d'enfant …

Je ne sais pas, je ne sais plus …

Je ne comprends pas ce qui a pu se passer ...

Vous, vous croyez que c'est une agression. Un meurtre ? Qu'est-ce qui a pu se passer ?

Je ne sais pas. Je crois que tout le monde l'aimait bien. Au bar sur le port, il avait quantité d'amis. En tout cas, je le crois. Je ne crois pas qu'il ait voulu se suicider, pas comme ça, non ...

Moi, en tant que médecin, cela me serait insupportable. On doit tout tenter pour survivre, jamais abandonner. Enfin, si, ... ça lui était déjà arrivé, plus jeune. Il avait essayé de mourir juste avant de partir en Normandie ...

Au moment de sa dépression. C'était un coup de mou, un coup de déprime. Mais je suis arrivé à temps ... C'est vrai qu'il a encaissé beaucoup à cette époque. Je sais qu'après il a fait une psychothérapie. Il a rencontré un hypnothérapeute capable de lui faire reprendre confiance dans la vie. Il allait bien après. Il avait vraiment changé ... J'en étais rassuré.
Je ne comprends pas. On aurait dû en parler mais vous savez ce que c'est ... Le temps passe ...

Et puis, les relations avec mon épouse, c'était difficile ...

Son ami Sandro, je ne le connais pas vraiment. Je suis mal à l'aise avec lui. Mais je sais que c'est de ma faute. Je suis sans doute encore un peu jaloux. Jaloux de leur liberté. C'est ça.

On a déjeuné une fois à la brasserie du port,

tous les trois.

S'ils avaient l'air proche ? Je crois que oui.

Bien sûr, ils devaient se faire du bien. Je sais qu'il s'est occupé de l'incinération, nous y étions avec ma femme … C'était un moment éprouvant pour moi, heureusement qu'elle était là.

Non, je n'ai pas revu Sandro depuis. Je n'ai même pas ses coordonnées.

Je suis désolé de ne pas pouvoir vous aider mieux que ça.

Pour la suite, vous me tiendrez au courant ?

SAUVEUR, LE POLICIER...

Et toi, tu en veux une autre ? Allez ! Juste une autre ...

Au fait, tu te souviens de cette affaire. Une des premières à mon arrivée. Je venais juste de prendre mon poste au commissariat du port. Non, pas celle de la fille violée qu'on avait retrouvée entre les blocs de la digue. Non, celle du type sans la tête.

Tu ne te rappelles pas ? Allez ...

Mais si, d'abord le corps avait été récupéré dans les petites criques après le port, le long du chemin des contrebandiers.

Ça te parle ? Tu vois maintenant ?

C'était à ce moment-là un lieu de drague homo. Oui, depuis, c'est clôturé et c'est fermé le soir. Tu crois qu'on en est débarrassé, c'est une façon de parler, en fait le manège s'est déplacé ...

Comment changer la nature humaine ?

Allez, attention à la mousse ... Santé ...

Bon, je vois que ça te revient. Je sais, ça fait deux ans ou trois. Affirmatif, bien facilement trois ans.

Exactement, et la tête, c'est un pêcheur qui l'avait prise dans son filet. C'est ça. Le malheureux, lui, il a fini bègue. Je crois.

Bref, il y a quelques jours, j'ai eu un coup de fil du docteur de ce pauvre noyé reconstitué. Ce toubib, c'était son copain quand ils étaient jeunes. Genre copain-copain. Tu vois le topo. Eh oui, mais après l'obtention de ses examens de médecine, lui, il s'est marié. Il fallait suivre les rails. Non, ça n'était pas le genre de la famille. Tu sais chez les bourges ...

Faut replacer ça dans l'époque. Il y avait la menace du Sida, et tout le toutim. Ils sont nombreux à avoir pris le maquis à cette époque. Je ne sais pas pourquoi, c'était comme ça. Les choses ont bien changé depuis ...

Je crois que je vais en commander une autre ... Faut bien qu'on se détende, non ? C'est vraiment sympa ce bar.

Oui, comme je te dis, il m'a appelé. Il y a quelques jours, vendredi dernier. Exactement, il lui a paru nécessaire de m'informer, de me dire certaines choses à propos de son ami et de sa disparition. Il avait trouvé dans les affaires de son épouse un document important qui devait m'intéresser. Une lettre du disparu qu'elle avait dû intercepter. Va savoir pourquoi ? Il voulait que je le rencontre.

Sa femme venait de décéder d'un cancer, du sein je crois bien. Ils faisaient chambre à part. Tu vois le tableau. En rangeant les affaires de madame, il avait fait une découverte.

Je me suis rendu à leur domicile au milieu de la semaine suivante, le mercredi. Je sonne. Personne n'ouvre. J'insiste et enfin un jeune gars vient m'ouvrir. Ce jeune mec, je le regarde. Je le reconnais de suite. C'était le fils du mort sans tête. Ce fils que la mère en Normandie, je m'en souviens, avait caché pendant presque vingt ans.

Tu me diras que c'est un peu tordu et tu auras raison. Des fois les nanas elles font des trucs pas possibles. Donc, ce jeune m'accueille. Un beau garçon au passage. Il me reconnaît lui aussi. Tu sais, je l'avais interrogé comme toutes les personnes dont j'avais trouvé le nom dans le relevé du téléphone du disparu. Donc, il me reconnaît. Il était consterné. Il était de passage dans la ville et il avait rendu visite à son tonton. Tonton, tu vois un peu le tonton !

Tu sais ce qu'il venait de se passer. Tu ne devineras jamais. Eh bien, ce toubib, ce cardiologue qui devait me révéler un truc en lien avec l'enquête sur la disparition de son ami venait de faire un AVC massif, genre définitif. Il venait de mourir comme ça.

Tu sais quand ?

Le lundi. Tu le crois ?

Clac, comme ça. D'abord son vieil ami, ensuite sa femme et finalement lui. C'est énorme, non ? Bref, je me suis tiré. Je n'avais plus rien à faire là.

Voilà, je ne saurai jamais ce qu'il voulait me dire ou me donner. De toutes façons, l'affaire est classée depuis un bon moment.

Alors, avant de rentrer chez moi, je me suis arrêté sur la petite plage de la digue. Il faisait trop bon et je voulais réfléchir un moment. Trop d'informations. Qu'est-ce que je pouvais y faire ?

J'étais assis au bord de l'eau à regarder le mouvement des vagues. Ça me met toujours dans un état particulier. J'aime bien. Je t'assure. Je deviens calme. Et tu sais ce qui m'est arrivé à ce moment-là ? Je te parie que tu ne trouveras pas.

Eh bien, devant moi, à deux ou trois vagues du bord. Mais tu vas me prendre pour un taré. J'ai vu une tête sortir de l'eau qui souriait en ma direction. Un visage aux traits réguliers, aux cheveux d'un blond super brillant. Un mec super souriant. On s'est regardé un moment. Mes oreilles se sont mises à siffler genre acouphènes plein pot. Ma peau est devenue hypersensible. Je sentais les frottements de mes vêtements et l'air sur mon visage. Je te le jure. Je me suis senti comme envahi d'une envie irrépressible de liberté. C'est fou ! Ça montait de mes tripes, de mon bide, je te le dis, comme un volcan de désir.

Ça t'étonne ?

Tu me prends pour un demeuré ?

C'est ça ! Et puis ?

Eh bien, d'un bond de dauphin, ce super nageur a

sauté dans l'eau. Ça a fait comme une grande gerbe d'écume blanche. Et là, je l'ai vue.

Tu ne vas pas me croire. Il l'a faite sortir hors de l'eau.

Quoi ?

Sa queue ! Mais non, soit sérieux, un peu.

Non, une queue de poisson, tout en écailles argentées. Magnifique ! J'étais sur le cul ! C'était un garçon-sirène. Je te le jure. Un garçon-sirène. C'est vrai. Eh bien après, il a disparu. Il n'est pas réapparu. J'ai attendu un bon moment …

Je te le jure sur l'honneur. Je ne te fais pas marcher. Je l'ai vu en un instant, comme ça. Ça m'a laissé dans une sorte d'état de désir. Une sorte d'envie diffuse. Depuis, je me sens tout bizarre. Ce garçon-sirène a fait entrer quelque chose en moi. Je ne sais pas ce que c'est exactement mais c'est bon. Drôlement bon.

Dis, elle était bien cette bière, non ?

On en recommande une autre ?

Et toi, dis-moi, tu fais quoi ce week-end ?

Tu ne veux pas qu'on aille ensemble à la pêche ?

Qu'est-ce que tu en penses ?

LA LETTRE DE SETH ...

Cette lettre est ma dernière lettre et c'est à toi, mon Vincent que je l'adresse, toi, qui, depuis si longtemps, est présent dans ma vie.

Depuis que l'on s'est retrouvés dans ce train de nuit, rappelle-toi, nous étions tous les deux militaires, et nous rentrions dans notre ville au bord de la mer. Nous étions jeunes et quelque peu timides. Et pourtant dans ce train, nous nous sommes reconnus et sans le dire, sans qu'il y ait un quelconque contrat, nous ne nous sommes jamais plus éloignés l'un de l'autre. C'est, il me semble, dans les années 1980 que notre histoire a commencé, en même temps malheureusement apparaissait le Sida, cette maladie d'amour et de sang. Ce virus qui nous a figés quand il n'a pas fauché certains de nos amis. Les années qui ont suivi cette nuit-là ont été de belles années. J'ai découvert avec toi la facilité et la simplicité dans les relations. Tu m'as initié aux règles de la bourgeoisie et moi, je t'ai emmené sur les terres paysannes.

Souviens-toi, pendant que mes grands-

parents et mes propres parents se battaient à la ferme, chez toi, il y avait une femme de ménage, de la musique classique pendant les repas et le soir, pour le souper, les chandeliers sur la cheminée étaient allumés. Je trouvais que tout était ordonné, chic et très classe.
Je te suis très reconnaissant pour tous les moments que tu m'as donnés en cachette de tes parents, en m'accordant de ce temps précieux de ta jeunesse, de notre jeunesse. J'ai aimé être avec toi pendant ces voyages où l'on pouvait se sentir enfin libres d'être ce qu'on était. Totalement. Innocemment. Nous avons exploré l'Asie et apprécié la douceur du climat tropical. Nous avons visité l'Italie aussi et je me souviens surtout de Venise et de son atmosphère irréelle. Avec toi, j'ai ouvert les yeux, j'ai goûté la liberté. J'ai appris de nouveaux mots, entendu de nouvelles langues, mangé de nouveaux fruits et bien plus encore. Tu m'as assisté dans mes recherches sur le garçon-sirène, parfois ça t'amusait et parfois ça t'agaçait aussi. Merci à toi, mon Vincent, c'était chouette et pur. Je me sentais rassuré, aimé pendant toutes ces années. Je n'avais pas connu d'amis comme ça avant. Ami-amant, c'était simple et bon, facile et doux aussi.

Puis, quand tu as enfin accédé au rang de médecin-cardiologue, tout a basculé. Tu m'avais prévenu et je m'étais acharné à ne pas me préparer. Je ne voulais pas y croire. J'étais aveugle. Pourtant, tu as épousé cette Bérénice, plus pour tes parents que pour elle, tu ne t'en es jamais caché.

C'est à ce moment-là que j'ai ressenti pour la première fois comme une boule noire qui appuyait sur ma poitrine, elle comprimait toute la zone et mon souffle en était diminué. Mon cœur me faisait mal …

Mais tu ne pouvais faire autrement.

Avouer ton penchant aurait été un tsunami dans ta famille, une honte dans ton milieu. Être homosexuel, c'était encore très tabou dans cette période-là et la maladie qui faisait des ravages ne nous encourageait pas beaucoup à nous dévoiler.

Alors en 1990, je suis tombé dans une forme de dépression. Non seulement tu te mariais et je ne pourrais plus te voir comme avant mais en plus, j'ai appris dans le même été que Gino, mon ami d'enfance, celui avec lequel nous faisions toujours tout ensemble dans le village, s'était donné la mort. Il se savait atteint par le Sida. Il ne voulait pas de cette échéance. Il avait trop peur de cette fin-là.

C'est vrai qu'à ce moment-là, je n'avais plus vraiment de raison de vivre, j'étais sans espoir. Dans une solitude totale, j'ai commis ce que tu sais. Heureusement, une fois de plus, tu étais dans les parages et grâce à toi, j'ai été maintenu dans ce monde.

Tu m'as sauvé.

Après des mois d'égarement et une thérapie par l'hypnose, j'ai migré, peut-être sur un coup de tête, en Normandie. Souviens-toi, ça ne te plaisait pas trop, j'allais être hors de ta portée. C'est ce que tu me disais, pas toujours en riant. Tu t'inquiétais.

Les temps changeaient. Il fallait que nous aussi nous puissions changer. Il fallait grandir. J'ai mis du temps, des jours et des nuits à accepter, à comprendre et ça s'est fait comme ça, sans que je m'en rende vraiment compte.

En Normandie, à Trouville, les jours s'enchaînaient et ça devenait facile, aisé. La vie se mettait au beau. J'ai rapidement rencontré David, mon journaliste préféré et nous nous sommes installés dans une maison le long de la route de la Côte fleurie. Là, nous avons appris à nous aimer. Nous passions aussi du temps avec Marguerite, notre voisine qui vivait seule. C'était des temps heureux, le matin je travaillais comme chauffeur pour la laiterie et David faisait des piges pour les journaux. On était tranquilles. Jusqu'au jour pourri, le jour de cette merde d'agression homophobe. Cette période pendant laquelle le gouvernement en place a laissé faire et laissé dire beaucoup d'horreurs sur notre communauté. Les manifs contre le mariage pour tous ont enfanté une homophobie latente.

Mon David en a fait les frais sur cette route qui le ramenait vers moi. Battu, mutilé, violé et laissé pour mort par un duo de débiles.

Comment aurait-il pu s'en sortir ?

Je l'ai veillé avec Myriam, sa sœur.

J'ai prié avec Marguerite, mais c'était trop.

Personne ne pouvait le réparer et mon David m'a quitté. Il est mort dans son absence, dans son corps fracassé.

La boule noire est revenue plus forte encore, mon cœur se brisait une nouvelle fois. Je pense encore à ces jours dont je ne me suis jamais remis et je ne peux plus respirer. Même avec tes médicaments et ta bienveillance obstinée, je ne vais pas mieux. C'est la fin.

Même en rencontrant Adam, le fils que Marguerite m'avait caché, mon incroyable fils, notre fils partagé, la tristesse continuait à faire battre mon cœur de travers. Je ne sais, aujourd'hui, si je dois en vouloir à Marguerite ou si je dois lui pardonner, quoi qu'il en soit, elle ne répond plus au téléphone. Pour elle aussi, je pense que cela ne doit pas être toujours facile.

Tout à l'heure, dans ton cabinet, j'ai compris ce qui se passe dans mon corps. Il n'y a pas que le cœur qui est abîmé, les poumons ne vont pas mieux. Je suis vieux. Nous sommes devenus vieux. Mes différents emplois ne m'ont pas arrangé contrairement à toi qui a su préserver ta santé. Je comprends que c'est aussi ce qui fait la différence entre les ouvriers et les bourgeois. Je sais que tu profiteras bien de ta retraite et qu'avec ta femme vous pourrez voyager encore un peu.

Il se dit que la vieillesse est un trésor, encore faut-il pouvoir en jouir. Ce n'est plus mon cas.
Peut-être vois-tu où je veux en venir ?

Tu voudrais me soigner, me reconstituer, essayer encore d'autres traitements, mais c'est inutile. Je suis usé. J'ai besoin de m'arrêter. J'ai décidé d'utiliser mon droit de retrait. Je vais exercer mon droit à partir comme ça, au moment choisi, avec encore ma tête et mes vieux os.

Ne t'en fais pas, tout va bien se passer.

Je te remercie comme je remercie la vie.

J'ai vécu des moments forts, des moments heureux. J'ai fait des rencontres extraordinaires et je dois te l'avouer, je n'ai pas su le faire dans ton cabinet : j'ai enfin rencontré le garçon-sirène.

Oui, je te le dis maintenant par écrit. Il existe vraiment et je l'ai vu. La semaine dernière sur la plage, au début de la digue, je te le jure. Je l'ai vu comme je t'ai vu derrière ton bureau. Ça restera pour moi, le moment le plus fort de mon existence. Dommage qu'il arrive si tard. Je t'entends penser que je suis devenu fou. Mais je t'assure que cela est vrai, réellement vrai. Ça m'a mis dans un état de joie extraordinaire. C'était comme si tout d'un coup je me sentais libre, de nouveau léger. Il ne peut plus rien m'arriver de meilleur, c'est trop tard.

J'ai l'âge de partir.

Voilà ce que je voulais te dire dans cette lettre.

Pour ce qui est de mon héritage, c'est clair, je n'ai rien. Pas de traces, pas de tracas. Tu pourras t'arranger avec Sandro s'il le faut et avec Adam et Marguerite, si tu arrives à les joindre.

Je te remercie de respecter mon choix. J'ai bien toute ma raison et de toute façon, lorsque tu recevras cette lettre, j'aurai déjà rejoint mes amis.

J'ai hâte de revoir Gino, mon beau David et qui sait ? Un autre garçon-sirène.

Je t'aime toujours et, comme on dit chez nous, quand on aime, il faut savoir partir !

Je me sens déjà libéré et allégé. Je me répète, je fais ce choix de manière libre et en toute conscience. C'est bien là mon dernier espace de liberté.

Oserai-je te dire à bientôt ?

Dans le journal local **9**

Alain, qui a trouvé le corps *11*

Georges, employé de la capitainerie... .... *17*

Jean-Jacques, le témoin *19*

Enzo, le pêcheur-dealer… *25*

Augustin, le pêcheur de la tête *29*

Pierre-Yves, le médecin-légiste *33*

Carmelo, le cafetier Italien *37*

Marguerite, la voisine *41*

Myriam, la sœur de David... .... *45*

Sandro, l'ami de toujours... .... *49*

Gilda, la mère de Gino … *57*

John, de la brasserie de l'avenue *61*

Adam, le fils *65*

Robert, le propriétaire du garage *69*

Mathieu, de la brasserie du port 73

Bérénice, l'épouse de Vincent 77

Vincent, le cardiologue 81

Sauveur, le policier 89

La lettre de Seth 95